16 Décembre 1907

VENTE
du Lundi 16 Décembre 1907
HOTEL DROUOT — SALLE N° 11

—

EXPOSITION PUBLIQUE
Le Dimanche 15 Décembre 1907

OBJETS D'ART

ET

d'Ameublement

TABLEAUX — SCULPTURES

BIJOUX

Boiserie de Salon style Louis XVI

MEUBLES ANCIENS

Me **Édouard FOURNIER**
COMMISSAIRE-PRISEUR

—

M. Arthur BLOCHE
EXPERT PRÈS LA COUR D'APPEL

PROPRIÉTÉ ARTISTIQUE
C. CHARDON
RUE HAUTEFEUILLE 8-10

CATALOGUE

DES

OBJETS D'ART & D'AMEUBLEMENT

SCULPTURES ANCIENNES & MODERNES

BRONZES — PORCELAINES — IVOIRES

BIJOUX

COLLIER DE PERLES — RIVIÈRE EN BRILLANTS

Bagues, Boucles d'oreilles, Flacons, Broches
Epingles, Dentelles, Eventails

BOISERIE DE SALON STYLE LOUIS XVI

Deux grands meubles d'appui du temps de Louis XVI

Trumeaux, Consoles Louis XIV et Louis XV
Grand meuble breton, Tables
Sièges, Secrétaires, Commodes, Dressoir

TABLEAUX ANCIENS & MODERNES

Tapis anciens d'Orient

DONT LA VENTE AURA LIEU :

HOTEL DROUOT — SALLE N° 11

Le Lundi 16 Décembre 1907

A 2 HEURES 1/4

Me Edouard FOURNIER	M. Arthur BLOCHE

Mᵉ Edouard FOURNIER | M. Arthur BLOCHE
COMMISSAIRE-PRISEUR | EXPERT PRÈS LA COUR D'APPEL
29, *Rue de Maubeuge*, 29 | 52, *Rue de Châteaudun*

Chez lesquels se trouve le catalogue

EXPOSITION PUBLIQUE

LE DIMANCHE 15 DECEMBRE 1907, DE 2 H. A 6 H.

CONDITIONS DE LA VENTE

La vente sera faite expressément au comptant.

Les acquéreurs paieront 10 o/o en sus des enchères.

L'exposition mettant le public à même de se rendre compte de l'état des objets, il ne sera admis aucune réclamation une fois l'adjudication prononcée.

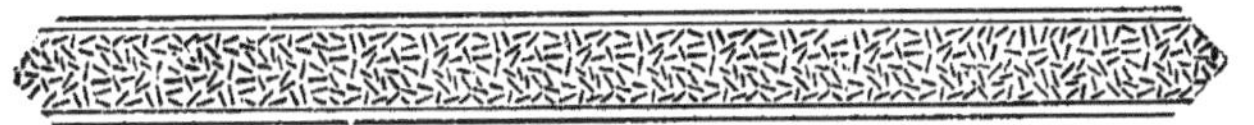

DÉSIGNATION

—

BIJOUX

1 — Collier d'un rang de cinquante-huit perles.
Poids : 368 grains.

2 — Rivière composée de cinquante-sept brillants et roses.

3 — Collier de chien en perles.

4 — Paire de pendants d'oreilles en brillants
ornés de deux perles grises montées en pende-
loques.

5 — Paire de boutons d'oreilles perles blan-
ches solitaires. Poids : 52 grains.

6 — Bague-marquise avec beau brillant et
rubis.

7 — Bague-marquise avec saphir au centre et pavée de brillants.

8 — Bague-marquise en brillants.

9 — Bague forme allongée en brillants.

10 — Bague forme couronne en brillants.

11 — Bague composée de quatre brillants et de petits diamants.

12 — Bague modèle « Art Nouveau » or et brillants.

13 — Bague en rubis et brillants.

14 — Rivière en diamants et turquoises.

15 — Broche or enrichie d'une topaze, de diamants et de petites perles.

16 — Bague perle et diamants.

17 — Broche enrichie d'un rubis-cabochon et de diamants.

18 — Flacon enrichi d'un saphir étoilé et de diamants.

19 — Paire de boucles d'oreilles en saphirs et diamants.

20 — Bague jonc en or enrichie de rubis et de saphirs.

21 — Broche or avec émail représentant le Château de Guillaume Tell.

22 — Paire de boutons de manchettes or enrichis d'émeraudes et de perles.

23 — Paire de pendants d'oreilles anciens en roses.

24 — Epingle de cravate or avec perle et diamants.

25 — Epingle de cravate en or enrichie de deux brillants.

26 — Quatre boucles de souliers anciennes en or et argent.

TABLEAUX

27 — AMALFIT. En promenade, personnages
à cheval en costume Henri II.

28 — BARRIAS (Félix). Electre portant des liba-
tions sur la tombe de son père. Grand tableau.

29 — DESHAYES. Nature morte.

3o — GYAMNY. Coin de village.

31 — HENDERSON (d'après). Quatre gravures
en couleur : Scènes de voyage, cadres en bois
d'acajou à filets de cuivre.

32 — NEYMARK (Gustave). Le Parlementaire
sous Louis XV.

33 — NEYMARK (Gustave). Charge de cuiras-
siers : guerre d'Espagne en 1807.

34 — NEYMARK (Gustave). Dressage d'un
yearling.

35 — REMBRANDT (d'après). Bethsabée au
bain.

36 — VÉRONÈSE (d'après Paul). Scène de supplice.

37 — ECOLE ALLEMANDE. Portrait de femme.

38 — ECOLE FRANÇAISE. La Femme à la rose.

39 — ECOLE FRANÇAISE. Portrait de femme, pastel, cadre bois sculpté.

40 — ECOLE FRANÇAISE. Portrait de femme, pastel.

41 — ECOLE FRANÇAISE. Portrait d'homme, pastel.

SCULPTURES

42 — Deux statues d'amours debout en terre de Versailles, teinte terre cuite, Ecole française, époque Louis XVI.

43 — Beau buste grandeur nature en marbre : Diane, de Lanzirotti.

44 — Groupe en marbre de deux enfants grandeur nature : Premières tendresses.

45 — Statuette en marbre : L'amour enchaîné, de Delavigne.

46 — Cheminée en pierre, style Louis XVI.

47 — Statuette en terre cuite : Judith ; dans le goût du XVIIIᵉ siècle.

BRONZES

48 — Beau surtout de table en bronze argenté composé d'un plateau fond de glace et une jardinière.

49 — Garniture de cheminée, pendule et candélabre à neuf lumières, en bronze ciselé et doré, style Louis XVI, cadran signé Aug. Lemaire.

50 — Deux appliques à trois lumières en bronze doré surmontées de brûle-parfums à draperies, époque Louis XVI.

51 — Groupe en bronze représentant un char romain emporté par deux chevaux au galop ; socle en marbre noir.

52 — Grand vase ancien, émail champlevé.

53 — Deux canards bronze du Japon.

54 — Vase bronze de Corée, émail incrusté.

55 — Paire de lampes en bronze ciselé et damasquiné d'or, travail oriental, montées à l'électricité.

56 — Buste en bronze doré : Diane de Poitiers, sur socle en marbre.

56 *bis* — Vase en ancien émail cloisonné de la Chine décor à fleurs, rosaces et feuillages sur fond bleu turquoise.

PORCELAINES, IVOIRES

OBJETS DIVERS

57 — Grande pendule en porcelaine de Jacob Petit formé par un groupe équestre : le Mameluck à cheval sur socle à fond bleu et or avec médaillon scène de bataille.

58 — Grand groupe en biscuit : Le Triomphe de la Beauté sous les traits de Vénus, composition de huit figures sous cage en glaces avec monture en bois laqué blanc.

59 — Statuette de femme en ivoire.

60 — Statuette de travailleur en ivoire.

61 — Bonbonnière ivoire, doublé d'écaille avec miniature, scène champêtre (double fond avec sujets). Style xviiie siècle.

62 — Grand panier bambou japonais.

63 — Deux éléphants indiens en ébène et ivoire.

64 — Paire de vases craquelés de Nankin.

65 — Grand plat en porcelaine de Chine, décor monochrome.

66 — Grand plat en porcelaine de Chine de la Compagnie des Indes, décor polychrome.

67 — Statuette en biscuit : La Cruche cassée, d'après Greuze.

68 — Deux bustes en biscuit repésentant : Mme de Lamballe et Mme Elisabeth, sur socles gros bleu.

69-70 — Quatre fixés sur verre.

71 — Miniatures, cadre bois noir.

72 — Statuette d'évêque debout, en bois sculpté. Style xve siècle.

73 — Statuette de Sainte debout, bois sculpté. Même style.

74 — Tube en vernis Martin.

75 — Coffret en ivoire sculpté.

76 à 78 — Boîtes écaille et vernis Martin avec miniatures sur ivoire.

79 — Triptyque ivoire, sculpture en bas-relief.

80 — Chaise à porteur, décor vernis Martin.

BOISERIES DE SALON
MEUBLES

81 — Boiserie de salon Style Louis XVI, peint en blanc rehaussé d'or par parties, décor à guirlandes de fleurs et nœuds de rubans avec trumeau orné d'appliques à trois lumières en bois doré, composé de grands et petits panneaux.

82 — Trumeau en bois sculpté Louis XVI, peint en blanc, rehaussé de dorure.

83 — Deux grands meubles à hauteur d'appui ouvrant à deux portes en bois d'acajou, côtés cannelés, dessus marbre blanc avec galerie de cuivre. Époque Louis XVI.

84 — Petite console en bois sculpté et doré, dessin à rocailles, fleurs et enroulements, dessus en marbre rouge veiné. Époque Louis XV.

85 — Deux gaines formant cartonnier en acajou orné de bronzes. Premier Empire.

86 — Meuble à deux corps en bois sculpté.

87 — Six chaises en noyer sculpté recouvertes en tapisserie au point, représentant des animaux dans des paysages. Style Henri II.

88 — Fauteuil en bois sculpté Louis XV; dessins à rocailles fleuris.

89 — Grand meuble breton formant armoire et banquette en noyer sculpté. Style XVIIe siècle.

90 — Grande console bois sculpté peinte en blanc, dessin à coquille et à fleurs, dessus marbre blanc. Style Louis XIV.

91 — Fronton de glace en bois sculpté et doré, à fond de glace Epoque Louis XIV.

92 — Table de salon avec pieds à croisillon en bois sculpté et doré, orné de trophée, dessus marbre onyx. Style Louis XV.

93 — Deux glaces cadre bois sculpté et doré. Style Louis XIV.

94 — Fauteuil en bois sculpté à figures de petits-
faunes et enfants, couverts en velours frappé.
Style Renaissance.

95-96 — Deux rouets anciens bretons.

97 — Canapé de style Louis XVI en bois sculpté
et doré, recouvert en soierie ancienne.

98 — Dressoir en noyer ciré. Style Henri II.

99 — Bureau de dame en marqueterie. Style
Louis XV.

100 — Secrétaire bois noir, filets cuivre.

101 — Commode Empire acajou, garnie de
bronzes.

DENTELLES. — ÉVENTAILS

102 — Éventail en plumes monté en écaille; de
Duvelleroy.

103 — Éventail en dentelle blanche, monté en
bois sculpté et émail.

104 — Éventail feuille à fleurs peintes sur soie, monture en nacre.

105 à 110 — Dix coupes de dentelle de Chantilly et d'ancienne Valenciennes de différents métrages. (Sera divisé).

111 — Trois cols et une paire de manchettes en dentelle.

TAPIS. — TENTURES

112 — Carpette ancienne fond rouge, à dessin polychrome.

113 — Tapis fond rouge à dessins variés.

114 — Tapis de galerie ancien de Perse, à dessin polychrome.

115 — Tapis de galerie ancien de même provenance et de même dessin.

116 — Dessin tapis d'Orient fond rouge à médaillons ; bordure verte.

117 — Grand tapis au point noué avec médaillon.

118 — Tapis Persan fond vert à médaillon.

119 — Panneau carré en satin jaune d'or, brodé
à volatiles et fleurs en soie de différentes
nuances.

120 — Peau d'ours blanc.

121 — Objets omis.